# LES

# ABUS ET SUPERFLUITEZ DU MONDE

### Par Jacques SIREULDE

Poète rouennais du XVIᵉ siècle

## DISCOURS DE RÉCEPTION

### PRONONCÉ DANS LA SÉANCE PUBLIQUE ANNUELLE

de l'Académie des Sciences, Belles-Lettres et Arts de Rouen

le 29 Novembre 1888

### Par M. Pierre LE VERDIER

Docteur en droit
Avocat à la Cour d'Appel

ROUEN

IMPRIMERIE DE ESPÉRANCE CAGNIARD

—

Mai 1889

à Monsieur Léopold Delisle
Membre de l'Institut

hommage de son plus profond respect

F. Allmendin

# SÉANCE PUBLIQUE

DE

l'Académie des Sciences, Belles-Lettres et Arts de Rouen

Tenue le 20 novembre 1888, à l'Hôtel-de-Ville

—:—

PRÉSIDENCE DE M. PAUL ALLARD

—:—

## DISCOURS DE RÉCEPTION

DE

M. Pierre LE VERDIER

# LES
# ABUS ET SUPERFLUITEZ DU MONDE

## Par Jacques SIREULDE
Poète rouennais du XVI<sup>e</sup> siècle

—⁂—

## DISCOURS DE RÉCEPTION

PRONONCÉ DANS LA SÉANCE PUBLIQUE ANNUELLE

de l'Académie des Sciences, Belles-Lettres et Arts de Rouen

le 29 Novembre 1888

## Par M. Pierre LE VERDIER

Docteur en droit

Avocat à la Cour d'Appel

ROUEN

IMPRIMERIE DE ESPÉRANCE CAGNIARD

—

Mai 1889

# LES ABUS ET SUPERFLUITEZ DU MONDE

Par Jacques SIREULDE,

Poéte rouennais du xvie siécle.

Discours de réception de M. Pierre LE VERDIER

---

Messieurs,

Il existait à Londres, au xviiie siècle, une société qui s'appelait le *Silence-Club* ou Académie du Silence. La loi fondamentale était de n'y jamais ouvrir la bouche. Le président devait être sourd et muet ; les suffrages s'y donnaient, comme à Rome, en pliant les pouces ; à peine était-il permis, en de rares et extraordinaires circonstances, d'exprimer quelques pensées à l'aide des doigts. Ce discours mécanique était le seul qui fût parfois toléré. Toute autre éloquence était interdite.

En lisant ces statuts, je me suis pris, Messieurs, à envier le sort des récipiendaires de la silencieuse Académie. Pour dire en effet leurs remerciements, un geste devait suffire. Quant à moi, qui ai la ressource du langage, j'éprouve une peine extrême à rencontrer des termes dignes de ma gratitude. Je ressens trop, en effet, l'honneur envié que vous daignez me conférer, celui de vous appartenir, et je ne connais que trop l'indignité des titres que la bienveillance ou l'amitié se sont plu à singulièrement exagérer. Aussi, sans illusion sur le passé, je ne doute point que vous n'ayez eu surtout en vue l'avenir, et cette espèce de noblesse que vous conférez d'ordinaire pour les services rendus, vous me l'avez accordée comme un encouragement à mieux faire.

Vous vous rappelez, Messieurs, avec quels sentiments pour vos anciens vous êtes tous successivement entrés dans cette célèbre Compagnie, riches pourtant, comme vous l'étiez, de vos créations, de vos découvertes, de votre éloquence, de votre érudition, de vos admirables œuvres dans les Lettres, dans les Sciences ou dans les Arts. Vous jugerez par là de toute l'étendue, de toute la sincérité, de toute l'émotion de ma reconnaissance, à moi, que vous accueillez pauvre et presque sans bagage.

Merci donc, Messieurs, pour tant d'honneur et tant de bienveillance. Je m'efforcerai de m'en rendre digne en venant respectueusement écouter vos leçons.

Au rang des études qui vous sont les plus chères, vous placez, Messieurs, l'histoire de notre ville. C'est par l'un des vôtres que furent tout d'abord mis en lumière les origines et les accroissements successifs de la capitale normande, Rondeaux de Sétry, qui fut, au siècle dernier, comme l'un des fondateurs de l'archéologie rouennaise, et dont vous voulez bien me permettre aujourd'hui d'évoquer, en passant, le souvenir respecté. Depuis, que de champs exploités par les membres de votre savante Compagnie ! Du moindre feuillet de comptes jusqu'à la dernière pierre des monuments ruinés, rien ne leur a paru indigne de leurs regards curieux. C'est que, dédaigneux de cette histoire-squelette, qui passe en revue les gouvernements ou énumère les batailles gagnées ou perdues, vous avez, en vrais fils du vieux Farin, le culte de cette science patiente, qui ressuscite les hommes et les choses, et nous fait vivre avec eux. Vous aimez errer dans nos vieilles rues, tortueuses et étroites, sous la menace des pignons qui surplombent ; vous aimez vous laisser conduire au Parlement, à la Maison de ville, au Parloir des marchands, entrer pieusement en quelqu'une des trente-six églises et des cinquante chapelles conventuelles de la ville ; vous aimez coudoyer vos ancêtres, gentilshommes, bourgeois, manants, les écouter plaider, juger, administrer selon leurs coutumes ou leurs statuts ; vous aimez pénétrer avec eux dans leurs hôtels ou dans leurs échoppes, courir à leur suite à leurs fêtes, aux entrées des princes, aux jeux des confréries ; vous vous plaisez alors à noter leur langage, presque leurs intonations, à saisir leurs pensées, leurs traditions, leurs plaisirs, à collectionner leurs costumes, leurs usages, leurs goûts, leurs manies. Et c'est, enfin, riches de souvenirs, que vous rentrez, quand il le faut, dans la vie réelle, le cœur et l'esprit débordant de jouissances, car vous avez vécu quelques heures avec vos pères, émus de leurs malheurs, heureux de leurs joies, fiers de leurs vertus, instruits par leur expérience. C'est cette passion de réveiller ce qui n'est plus, de le voir et de le toucher jusque dans ses moindres détails, qui sera mon excuse, si je viens, ce soir, vous entretenir, Messieurs, d'un pauvre huissier rouennais du XVI<sup>e</sup> siècle, qui ne fut ni un grand héros ni un grand poète, et qui s'est amusé, en quelque vers satiriques, à railler les ridicules de ses compatriotes. Ce sera aussi mon excuse auprès de vous, Monsieur le Président, qui avez daigné me tendre la main, et voulez bien m'introduire en cette Assemblée ; vous me pardonnerez si, ne pouvant m'élever à vos magnifiques études, j'ai dû m'arrêter à un sujet aussi modeste.

Jacques Sireulde n'est pas tout à fait un inconnu (1). Il fut huissier au Parlement, poète et joyeux conard. Sa biographie, très obscure, se réduit à quelques dates, un procès, et ses ouvrages poétiques. Voici les dates : en 1533, il concourut aux Palinods de Rouen ; en 1540, il adressa une requête au Parlement dans une circonstance que je vous dirai tout à l'heure ; en 1547, il eut maille à partir avec le même Parlement ; il mourut vers 1580. Il avait eu, semble-t-il, plusieurs enfants ; l'un des membres de votre Compagnie, pour qui l'histoire de Rouen, depuis longtemps, n'a plus de secrets, a rencontré parmi les témoins d'un curieux procès un Martin Sireulde, le seul connu des enfants de notre

(1) V. *Biogr. universelle Didot*, supplément ; — Gosselin, *Recherches sur les origines et l'histoire du théâtre à Rouen* ; — l'abbé Goujet, *Bibl. franç.*, t. XIII.

Jacques, et qui, digne fils de poète, jouait de la quiterne dans une fête de famille (1).

Sireulde se consolait de la procédure en faisant des vers. Poète satirique, c'était en même temps l'un des membres actifs de la rouennaise confrérie, de carnavalesque mémoire, l'Abbaye des Conards. Il n'y eut guère de fête qu'il n'ornât de distiques, de comédies, de joyeuses inventions. C'est lui, Jacques Sireulde, « bon conard et bel huissier, » qui, aux jours gras de l'an 1540, présenta requête au Parlement pour obtenir, en faveur de ses confrères, la permission de célébrer une mascarade nocturne (2). La requête était en vers; la franchise d'allures du bon vieux temps permettait parfois ces libertés :

> A Nossieurs de la court de Rouen,
> Honneur, et mieux, le bon jour et bon an, etc.

La Cour eut le bon esprit de ne pas se fâcher, elle accueillit la demande des confrères; bien plus, mise sans doute aussi en gaîté, ce fut en vers qu'elle rendit son arrêt (3).

---

(1) M. Ch. de Beaurepaire. Un procès en nullité de mariage en 1553 (*Précis de l'Académie*, 1880-81).

(2) L'Echiquier, par ordonnance du 26 novembre 1512, avait fait « deffense que nul ne porte faulx visage » ni « sonne de gros tambours parmy les rues après neuf heures de nuyt ». — Voy. Ordonnances contre la peste faictes par la court de l'eschiquier et publiées à l'assise à Rouen tenue... le XXVIe jour de novembre 1512, avec plusieurs autres ordonnances..., etc., pet. in-4°, goth. (Bibl. mun. de Rouen; — réimpr. par la Société des Bibliophiles normands.)

(3) Les Triomphes de l'Abbaye des Conards, édition Jouaust, p. 14.

Hélas! l'huissier-poète n'eut pas toujours autant à se louer de la Cour suprême. En 1547, il fut cruellement frappé. En perdit-il quelque chose de l'estime et de l'affection des Rouennais, je ne le puis croire; mais il faut bien avouer que, si l'honneur fut sauf, ce fut au moins pour sa bourse une rude épreuve.

Un certain conseiller au Parlement de Rouen, Estienne Lhuillier, avait eu le malheur, je ne sais pourquoi, d'encourir l'animosité de Sireulde; à tort ou à raison, l'huissier poursuivait le conseiller de ses moqueries et de ses mauvais tours, tant et si bien, que maistre Lhuillier déposa une plainte par-devant le bailli de la ville. Sireulde n'attendit pas le jugement, et riposta aussitôt d'une manière sanglante : il publia une satire intitulée, *L'Asne à l'Asnon*, dans laquelle il ridiculisait maistre Estienne Lhuillier et son chapelain, Guillaume Goujon, et touchait même à leur honneur. Le coup portait juste, car le livre eut un plein succès : un arrêt de la Cour va tout à l'heure qualifier le libelle de *fameux*. Devant une attaque aussi effrontée, le conseiller devait agir; il y allait, du reste, de l'honneur du Parlement insulté dans la personne de l'un des siens. Nouvelle plainte, donc, contre Sireulde, qui est mis en prison, enfermé à la Conciergerie, interrogé, confronté, etc., et condamné, lui et son livre. Voici l'arrêt :

« Veu par la court le procès faict à l'encontre de « Jacques Sireulde, huissier d'icelle,.... pour avoir..... « composé et escript ung petit caier ou libelle *fameux*, « intitulé *L'Asne à l'Asnon*, auquel led. Sireulde se « seroit grandement efforcé *toucher et fugiller l'hon-*

« *neur dud. Luillier*, conseiller, et de maistre Guil-
« laume Goujon, son chappelain......

« Il sera dict que, pour pugnition et réparation dud.
« cas et motz invectifz contenuz audict libelle ou caier
« led. libelle ou caier sera, en la présence dudict Si-
« reulde et de tous les autres huissiers de ladicte court,
« présentement, la court séant au conseil, lacéré et
« rompu, présence aussy dud. Luillier, auquel ledict
« Sireulde criera mercy et demandera pardon de l'of-
« fense par luy commise et injure qu'il s'est efforcé
« faire aud. Luillier, etc. »

Voilà pour l'honneur. Mais l'arrêt ne s'en tenait pas
là. Le pauvre Sireulde fut, en outre, suspendu de ses
fonctions d'huissier pour une année, et condamné, même
par corps, avec défense de plus jamais rimer sem-
blables libelles, à 50 liv. d'amende et 100 liv. de dom-
mages-intérèts (1) !  ·

(1) Arch. du Parl., arrêt du 5 juillet 1547. « Veu par la Court le
procès faict à l'encontre de Jacques Sireulde, huissier d'icelle, pri-
sonnier en la Conciergerie, sur la plaincte contre luy faicte par
maistre Estienne Luillier, conseiller du Roy en ladicte Court,
pour avoir, en contempt du procès meu entre lesd. Luillier et
Sireulde sur autre plaincte faicte par icelluy Luillier par devant le
bailly de Rouen ou son lieutenant, composé et escript ung petit
caier ou libelle fameux intitulé L'asne à l'asnon, auquel led. Sireulde
se seroit grandement efforcé toucher et fugiller l'honneur dud. Luillier, conseiller, et de maistre Guillaume Goujon, son chappelain,
l'information sur ce faicte par l'ordonnance et auctorité de lad. Court,
interrogatoires et confession dudict Sireulde, recollemens de tes-
moingtz et confrontations ensuivyes, conclusions tant du procureur
general du Roy que dud. Luillier, response par attenuation dudict
Sireulde, et tout considéré,

Il sera dit que, pour pugnition et réparation dud. cas et motz

La leçon était dure : mais n'oublions jamais l'adage, *Res judicata pro veritate accipitur,* ce qui veut dire que l'huissier, sans doute, l'avait bien méritée. Je doute, cependant, que les rieurs soient toujours demeurés du côté de maistre Estienne Lhuillier; un malin conard comme Sireulde avait trop de moyens de se venger, et les carnavals suivants lui en fournirent de trop favorables occasions pour qu'il ait manqué de le faire. Les répliques, que sa plume put lui fournir, ne sont pas venues jusqu'à nous ; pourtant, on serait tenté de lui attribuer une des pièces de vers qui ont été recueillies à la suite des *Triomphes de l'Abbaye des Conards,* je veux dire celle qui est intitulée : *Les Asniers remplis*

invectifz contenuz audict libelle ou caier, led. libelle ou caier sera, en la présence dudit Sireulde et de tous les autres huissiers de la dicte court, presentement, la court seant au conseil, laceré et rompu presence aussy dud. Luillier, auquel ledict·Sireulde criera mercy et demandera pardon de l'offense par luy commise et injure qu'il s'est efforcé faire aud. Luillier et ledict maistre Guillaume son chappellain, faisant ledict libelle par luy en plusieurs lieux et endroictz publié et leu. Et a la dicte court suspendu et suspend ledit Sireulde jusques à ung an de l'exercice de son dict estat et office d'huissier. Et l'a condamné et condamne en cinquante livres tournois d'amende envers le Roy, et en cent livres tournois d'interest envers led. Luillier, laquelle somme de cent livres tournois sera suivant le consentement d'icelui Luillier baillée et distribuée, assavoir est la somme de cinquante livres tournois aux religieuses de saincte Clere et le reste aux quatre religions des mendians et aux prisonniers de lad. conciergerie egallement; et à tenir prison jusques au plain et entier paiement desd. sommes. Et si a la dicte court condamné et condamne le dict Sireulde aux depens de l'instance. Et ont esté et sont faictes inhibitions et deffenses aud. Sireulde que désormais il ne face ou compose semblable libelle ou rimes sur peine de privation de son estat et punition corporelle. — *Signé* : R. Raoullin, *et* Rémon, » *d'asneries,* où l'on trouve des vers pleins d'allusions, comme ceux-ci (c'est un âne qui parle) :

> Souvent je m'entremets de correction faire
> D'un qui est plus correct que moi cent mille fois,
> Pensant luy faire peur par mon asnière voix ;
> Mais l'homme bien vivant d'un asne n'a que faire.

Et puis cette conclusion de l'auteur :

> Tel est un asne qui pense estre un grand clerc,
> Et si ne veut que de luy on se rie.

Sireulde, condamné, ne pouvait cependant pas cesser de rire ; il continua : seulement il laissa le conseiller Lhuillier, et ce sont les travers, les ridicules ou les vices des Rouennais qu'il se mit à bafouer.

J'arrive enfin, et, je le confesse, après m'être bien attardé en chemin, à l'opuscule que je voulais vous faire connaître. Mais, rassurez-vous, Messieurs, vous aurez vite fait connaissance avec lui. Le livre, en effet, n'a que seize feuillets et de petit format ;..... si petit il est, et d'apparence si insignifiante qu'il a bien failli périr. Je n'en connais, et je puis affirmer, je crois, qu'il n'en existe qu'un seul exemplaire, imprimé à Rouen, chez Abraham Cousturier, vers 1580, et dont j'ai pu suivre les vicissitudes à travers les bibliothèques qui ont eu l'heur de le posséder, habillé de maroquin et successivement caressé par les mains de Charles Nodier et du comte d'Auffay. Soyez heureux, vous tous bibliophiles, qui pratiquez si pieusement la devise, *Ne pereant,* le mince volume ne périra pas ; il est maintenant en lieu sûr, à la Bibliothèque Nationale, qui l'a acquis l'année dernière. C'est là que je l'ai vu, après m'être borné longtemps, comme tout le monde, à le connaître de nom. Je n'ai plus que son titre à vous dire : *les Abus et Superfluitez du monde* (1).

*Les Abus et Superfluitez du monde !* Quel titre ! et comme il est bien de tous les temps, je ne voudrais pas dire, d'actualité. Notre temps, en effet, vaut-il mieux que le temps passé ? Je ne veux pas, Messieurs, juger cette nouvelle espèce de querelle des anciens et des modernes. J'aime mieux, laissant aux esprits chagrins les vers que vous savez :

> Ætas parentum, pejor avis, tulit
> Nos nequiores, mox daturos
> Progeniem vitiosiorem (2).

(1) Les abus et superfluitez du monde, par Jacques Sireulde, Huissier du Roy nostre sire en sa court de Parlement a Rouen, avec une pronostication veritable pour ceste année. — *A Rouen, chez Abraham Cousturier, prés le Palais, au Sacrifice d'Abraham,* s. d., pet. in-8 de 16 ff. non chiffrés. — (Bibl. nat., acquis., n⁰ 110,600. Rés.)

Les *Abus* contiennent 522 vers ; la *Pronostication* est une facétie en prose.

L'exemplaire ci-dessus, relié en maroquin rouge par Bauzonnet, a passé, en 1841, à la vente Crozet où il fut adjugé pour 80 fr. ; on le trouve ensuite dans la bibliothèque de Charles Nodier, qui l'a inséré sous le n⁰ 587, dans sa *Description raisonnée d'une jolie collection de livres.* Après la mort de Nodier il fut vendu 112 fr. (1844). Il passa ensuite aux mains du comte Alfred d'Auffay, dont la bibliothèque fut vendue en 1863 (n⁰ 267 du catalogue), et il fut alors acheté 162 fr. par le libraire Léon Téchener ; enfin, à la vente des livres de ce dernier, en 1887 (Cat. n⁰ 368), la Bibliothèque Nationale s'en est rendue acquéreur sans concurrent, moyennant le prix de 135 fr.

(2) Horaces, *Odes*, III, 6.

j'aime mieux croire qu'en cette matière entre tous les siècles règne une triste égalité.

Eh! oui, sans doute, les abus datent de loin et sont de tous les âges. On s'en plaignait déjà au temps de Jacob, du moins dans le *Mystère du Viel Testament*, où l'on voit un contemporain du patriarche, vieillard à cheveux blancs, *laudator temporis acti*, regretter ainsi le bon vieux temps :

> Le bon temps! qu'est-il devenu?
> *Vraiment*, il n'en est plus nouvelles.
> Le bon temps! qu'est-il devenu?
> Plus n'est comme je l'ay congneu (1).

Après cela, qu'on ne s'étonne pas si le xvi<sup>e</sup> siècle, héritant du passé, dut connaître des abus, et si notre Sireulde n'avait pas de bonnes raisons de s'écrier :

> Tout au rebours va le monde!
> . . . . . . . . . . . . . . . .
> Nous avons guerre par la terre et par mer,
> Et maints povres nourris desus nos bourses,
> Puis les emprunts qui font jouer des pouces ;
> Croyez de vrai que sommes en un temps
> Qui garde bien que ne soyons contens.

Voilà des maux, n'est-ce pas, Messieurs, qui ne sont pas près de finir. Au reste, Sireulde n'avait pas la vaine prétention de corriger son siècle et de supprimer les abus. Sa satire n'est point un traité de morale, avec des préceptes bien alignés, des divisions bien ordonnées. Non ; il écrit comme on flâne, sans règle et sans mé-

---

(1) Le Mistère du Viel Testament (*Soc. des Anciens textes français*). T. II, v. 13.300-4.

thode; il s'amuse à noter ce qui lui vient à l'esprit, ou ce qu'il rencontre en chemin. Qu'on en fasse son profit si l'on veut.

L'abus qui frappe immédiatement les yeux de Sireulde, c'est cet abus universel, de tous les temps et de tous les lieux, que vainement les lois ont maintes fois tenté de combattre (1), qui florit particulièrement au xix⁰ siècle, et qui ne florissait pas moins au xvi⁰, l'amour du luxe et des dépenses inutiles. Le pauvre huissier y insiste longuement. Cela se conçoit. C'est qu'en effet, pour lui, la vie est dure et la journée laborieuse.

De grand matin, au fond de son échoppe, louée à grand'peine, en quelque ruelle voisine du Palais, mal éclairé d'une chandelle, il a déjà expédié les copies qu'il va délivrer tout à l'heure aux procureurs ou à leurs clercs réunis au Palais ! Et pourtant il n'est pas encore six heures du matin ! C'est déjà l'heure de l'audience ; on accorde jusqu'à sept heures, si l'hiver dure encore (2) ! Et point de retard surtout ! Messieurs peuvent bien tarder un peu à paraître, mais ils n'aiment pas attendre. La Cour est montée, mais déjà Sireulde est à son poste, dans la salle du plaidoyer, assis en sa chaire, prêt à appeler les causes. Et quand les avocats, Mᵉˢ Jean de

(1) V. notamment les Lettres patentes et les Ordonnances des 15 mars 1514, 19 mai 1547, 12 juillet 1549, 15 février 1573, 20 mars 1623. Plusieurs sont rapportées dans Isambert, *Anciennes lois françaises.*

(2) La Roche Flavin, liv. VIII, ch. I, 1. Au xviiiᵉ siècle, les audiences commençaient, suivant la nature des affaires, à des heures qui variaient entre 7 heures et 9 heures du matin (V. Flambeau astronomique).

Bauquemare, Jean de Martimbos, Guillaume Ango, Jehan Charles, ou d'autres, auront fini*de plaider, et M^e Laurens Bigot (1) de conclure au nom du Roi, il lui faudra courir la ville pour signifier à personne exploits, cédules, ajournements, et ne pas manquer d'occuper de nouveau son siège, à deux heures, pour l'audience de relevée. Rentré enfin tard au logis, on dressera encore les actes du lendemain, et, après tant de peine et de travaux, les profits seront minces, en dépit de la maxime : *Ubi onus ibi emolumentum.*

Voilà la journée de Sireulde : qu'on juge de l'économie, de la frugalité, de la simplicité de sa maison ; et que va-t-il dire de l'abus et du superflu des toilettes?

> Que vaut avoir robes, saye et pourpoints,
> Où tant de drap superflu se plitonne?
> Et à la femme une queue et grands points
> Sus vertugade, où vent de nord s'entonne?
> Ce sont abus de quoy trop je m'estonne.
> Il m'est advis qu'on les deust tous oster,
> Car cela sert à user et crotter.
> Et quant à moy, je veux toujours porter
> Robe sans plis et quasaquin de mesme.

> De quoy servent, à bien l'entendre,
> Tant de plis en un vestement?
> Pour une robe aucuns font prendre
> Six aunes de drap plainement.
> Quant à moi, j'en faits autrement;
> Car, hors mis ce qu'un tailleur happe,
> Bien y trouves honnestement
> Robe, sayon, chausses et cappe.

(1) Laurens Bigot, s^r de Tibermesnil, 1^er avocat général au Parlement, de 1527 à 1570, père du célèbre Emery Bigot, qui lui succéda dans sa charge. — Jean de Bauquemare, Jean de Martimbos, Guillaume Ango, Jehan Charles, avocats célèbres du temps.

Aussi, que d'avantages à simplifier le costume et supprimer le drap superflu : on n'a plus besoin de se trousser, le corps est moins chargé, la marche est plus alerte, et l'on trouve à la fois

> Plaisir, et profit à la bourse.

Sireulde va achever de vous faire connaître le costume des Rouennais de son temps, et vous l'allez voir prendre plaisir à se moquer de la mode, mère du Changement et fille de l'Inconstance, comme l'appelle un livret du temps (1), de sa versatilité, de ses sottes inventions, qu'un caprice fait naître, en attendant qu'un autre caprice les détrône et les envoie rejoindre les « vieux souliers à poulaine ». Quoi de plus ridicule, par exemple, que ces chapeaux que les hommes portent, avec des bords bien larges d'un demi-pied ; ces chemises à pointes qu'on voit s'étendre et tomber autour de leur col et qui semblent des serviettes mises pour dîner, à moins que ce ne soit

> ... pour tendre
> Au mestier d'arracheur de dents.

Quant aux dames, Sireulde leur laisse « leurs chapperons et leurs cornettes », leurs cottes « fendues, faites à pont-levis », leurs buscs « qui font le ventre à la Suisse », etc. Sur la mode chapitrer les femmes et réformer leur toilette, il le sent bien, c'est la chose impossible,

> Mieux vaudrait refformer leur teste.

(1) Discours nouveau sur la Mode, mère du Changement et fille d'Inconstance, Paris, 1613. (Catal. Le Ber, n° 2716.)

C'est Sireulde qui parle, bien entendu. Et je lui laisse encore la responsabilité de ses conseils quand il démasque la vanité féminine et enseigne à la corriger :

> Refformer me viendrait à gré
> Femmes de Roüen et Paris,
> Qui veullent prendre le degré
> Plus haut que n'ont pas leurs maris.
> . . . . .
> La femme d'un clerc escrivant,
> Qui n'a droit, coutume, ne loy,
> Voudra faire le pas devant
> Celle d'un officier du Roy,
> Et soit en offrande ou convoy
> Faut que ma damoiselle passe !

A qui la faute, après tout, et d'où vient l'abus,

> Si ce n'est d'un mary trop doux ?

Mais quel remède ? Ici, Messieurs, mon embarras est extrême, et j'aurais besoin du huis clos de vos séances ordinaires. Je risque cependant la citation : la théorie n'est, d'ailleurs, que celle de Sireulde.

La faute, elle est, dit-il, au mari trop doux, qui voit la sotte vanité de sa femme,

> Et ne l'oste à force de coups :
> J'aurais un gros bastou de houx...

Je m'arrête, Messieurs, et je proteste qu'il y aurait vraiment, cette fois, abus.

Laissons, c'est le parti le plus sage, laissons aux dames leur coquetterie et leur vanité ; ce ne sont que peccadilles. Et, d'ailleurs, leurs censeurs en sont-ils toujours exempts ? Tenez, voici pour eux. Que de temps perdu, par exemple, que de caprices, rien que pour le visage de messieurs :

> Au poil des hommes seulement
> Sont cent sortes de changement.
> Aujourd'hui chacun s'evertue
> De faire la barbe pointue,
> Et n'y a point plus de six mois
> Qu'on la portait de quatre doigts,
> Grande, large et ronde à merveille,
> Jusqu'au dessous l'oreille (1).

Je ne veux pas, Messieurs, chercher d'autres citations ; ce serait humilier inutilement le sexe en qui réside la toute-puissance. Et ce sera bien assez pour sa confusion que de montrer à ses représentants tous les devoirs de leur condition, de leur charge, ou de leur métier, qu'ils ne remplissent point..... au temps de Sireulde, c'est entendu ; je ne parle jamais du temps présent.

Ne devraient-ils pas, magistrats municipaux, mieux gérer les affaires de la ville, faire meilleure police, réformer les chemins, tenir les rues nettes, chasser du Palais toute cette foule bruyante qui l'encombre ? gentilshommes, ne devraient-ils pas mieux soutenir l'éclat de leur nom ? riches bourgeois, montrer moins d'orgueil et mieux ouvrir leurs bourses ? marchands, boulangers, vendeurs de vin ou de mauvaise épice, n'ont-ils pas honte de ne pas réformer leur faux marc ou leurs fausses

---

(1) Ces huit vers ne sont pas tirés des Abus et superfluitez, mais empruntés à la pièce suivante : *La mode qui court au temps présent*, Paris, 1612 (Cat. Le Ber, nº 2716).

mesures? Ne devrait-on pas, enfin, extirper la fraude et l'intrigue, qui sont partout,

> ..... en la drapperie,
> En contracts, brevets et cédulles,

chez les pauvres, qui savent se faire attribuer des dons que mériteraient de bien plus indigents qu'eux ; chez les bénéficiers qui trop souvent obtiennent des bulles sans en être suffisamment dignes ; même, le croiriez-vous, Messieurs, chez... chez les lauréats,

> qui en rhétorique
> Sans l'avoir faicte ont eu le prix,
> Aussi sçavans, comme en musique
> Fust muteau (1) ou un asne gris.

Que de tromperies ! que d'abus, Messieurs ! Combien d'autres encore :

> C'est un labyrinth que de voir
> A présent les abus du monde.
> . . . . .
> Et si faudrait plus de dix mains
> De papier pour les bien écrire.

Force est donc de s'arrêter. Et puis, il faut être prudent, et mieux vaut garder bien des choses, dit le poète.

> Que je sçay et n'oses pas dire.

Il lui en a déjà trop coûté pour s'être mêlé, lui, le pauvre huissier, de censurer les grands !

Au moins lui est-il permis, avant de déposer sa

______

(1) Muteau, *muet.*

22

plume, de former un vœu, sans doute un peu plato-
nique :



Sireulde, heureusement pour sa gloire, ne fut pas
exaucé; il eût couru risque d'oublier, à la tête de la
ville, les promesses du candidat, et, à sa plus grande
honte, les abus fussent demeurés.

Il resta huissier et poète. Mais, devenu plus calme
avec l'âge, il abandonna les Conards et la satire; et
c'est alors, sans doute, qu'il composa son *Trésor immortel trouvé et tiré de l'Escripture saincte* (1). C'est
un poème écrit en l'honneur de la Charité, et inspiré,
certainement, par ce Puy des Pauvres, un peu oublié
aujourd'hui, qui fut institué en leur honneur, au milieu
du XVIe siècle, sous les auspices de l'Hôtel-Dieu.

Messieurs, je n'ai pas essayé d'exposer devant vous
les qualités littéraires qui, soit au fond, soit dans la
forme, recommandent *les Abus et Superfluitez du
monde*; j'aurais pu mettre en lumière tout le profit
qu'en peut tirer l'histoire du costume ou celle des
mœurs du temps; j'aurais pu, tâche inutile, essayer de
faire valoir à vos yeux les mérites de l'œuvre, sans en
dissimuler les imperfections.

(1) Le Trésor immortel trouvé et tiré de l'Escripture saincte à la
fin duquel sont adjoutés plusieurs chants royaux, ballades et rondeaux, faits et composés par aucuns poetes françois et presentez au
Puy des Pauvres de Rouen. Rouen, Martin Le Mesgissier, 1556,
in-8. (Bibl. Mazarine, et Bibl. mun. de Versailles.)

Sans doute, tout n'y est pas parfait; tant s'en faut, hélas! Est-ce une raison pour n'en rien lire? Que l'on en fasse donc, dit Sireulde lui-même,

> ...... comme un chien fait d'un os :
> Jamais arrière il ne lasche la prise
> Que la moëlle il n'ait succée et prise.

Qu'on lise le livre jusqu'au bout, et qu'on choisisse le meilleur. Or, il y a de bonnes choses à choisir. L'auteur déteste le mal, et il le combat, sans grand espoir, il est vrai, de le corriger. Il observe, et, avec un langage précis, en des vers bien frappés, semés d'heureuses saillies, il note des observations fines et souvent pleines de malice.

Je n'ai point voulu faire cette critique littéraire. C'eût été, devant votre savante assemblée, abus et superfluité. J'ai simplement demandé au poète de nous promener un instant au milieu des Rouennais de son temps, et de nous faire voir quelques-uns de leurs travers et de leurs défauts. J'ai donc laissé parler Sireulde : j'espérais, Messieurs, que vous lui pardonneriez mieux qu'à moi la longueur de ce discours.

www.ingramcontent.com/pod-product-compliance
Ingram Content Group UK Ltd.
Pitfield, Milton Keynes, MK11 3LW, UK
UKHW021719130726
13696UKWH00006B/2409